LA

FORÊT-DOMANIALE DE VIERZON

PAR

PAUL BUFFAULT

Extrait de la *Revue des Eaux et Forêts* du 1er Août 1909.

LA

FORÊT DOMANIALE DE VIERZON

PAR

PAUL BUFFAULT

Extrait de la *Revue des Eaux et Forêts* du 1er Août 1909.

✳

LA FORÊT DOMANIALE DE VIERZON

La forêt domaniale de Vierzon est connue d'un petit nombre d'agents forestiers. Cependant beaucoup l'ont traversée, sans s'en douter, en effectuant en chemin de fer le trajet d'Orléans à Vierzon. La voie ferrée de Paris à Limoges coupe en effet la partie occidentale de la forêt sur une largeur de 2.200 mètres; il est vrai que le trajet s'effectue sur 1.200 mètres en souterrain, la Compagnie du chemin de fer d'Orléans ayant dû transformer en tunnel la tranchée primitivement ouverte, pour éviter les frais onéreux de consolidation des talus, qui s'éboulaient constamment.

La forêt de Vierzon est intéressante en raison de son étendue, qui la classe au 35e rang parmi les forêts françaises et des problèmes que soulèvent l'exploitation et l'amélioration de ses peuplements. Il nous a paru utile de la faire connaître en quelques mots aux lecteurs de la *Revue*.

La contenance de la forêt de Vierzon est de 5.300 hect. 70 ares. Elle est située, au nord de la ville de Vierzon, sur le revers du plateau, qui s'étend entre les vallées du Cher et de la Sauldre; l'altitude moyenne est de 165 mètres, le point le plus bas étant à 121 mètres et la cote la plus élevée à 189 mètres. Les ondulations du terrain sont peu accentuées et, sauf sur quelques points à l'E. et au S.-E., le sol est à peu près horizontal.

La forêt est assise presque entièrement sur les *argiles à silex* de l'éocène, qui forment la bordure méridionale et orientale de la Sologne. Le sol est formé d'une couche d'argile assez plastique, grise, rouge, jaune ou panachée, mélangée d'une proportion plus ou moins forte de sable et contenant de nombreux silex non roulés. Le sable paraît provenir de la décomposition des silex sous les influences atmosphériques et sous l'action des eaux qui sont toujours plus ou moins chargées de chlorures [1]. Le sable domine et, par suite, le terrain est plus léger, à l'ouest et au nord de la forêt.

On rencontre assez fréquemment des débris de l'argile à silex, agglutinés par un ciment de nature organique, probablement végétale, qui se présentent sous la forme de conglomérats, appelés dans le pays *chamarons*. Ces conglomérats siliceux sont de formation sporadique; leur dureté est telle qu'ils résistent à l'action du pic et qu'ils ne

---

1. — Les géologues considèrent l'argile à silex comme un produit de décalcarisation de la craie résultant d'actions chimiques.

cèdent qu'à la poudre de mine. On les trouve surtout sur la lisière orientale de la forêt.

Les marnes à ostracées du cénomanien, qui forment une zone de 200 à 400 mètres de largeur, en bordure des argiles à silex, du côté de la vallée du Cher et de son affluent, le Barangeon, se rencontrent au S.-O., au S.-E. et à l'E. de la forêt.

La présence d'une couche épaisse d'argile, qui existe partout sous la terre végétale, empêche l'infiltration des eaux pluviales dans le sous-sol ; celles-ci restent à la surface la plus grande partie de l'année, faute d'une pente suffisante pour leur écoulement. Le plus souvent elles s'amassent dans des 'dépressions peu profondes, de forme à peu près circulaire, auxquelles on donne dans le pays le nom de *lacs*, et qui ne se dessèchent qu'à l'époque des grandes chaleurs [1].

L'imperméabilité du sol et l'absence de relief ont donc des conséquences fâcheuses pour la végétation, si l'on n'y remédie par des assainissements, et l'humidité presque constante, qui règne dans la forêt, rend les gelées printanières extrêmement fréquentes et nocives, surtout pour les jeunes peuplements.

Les essences qu'on rencontre dans la forêt de Vierzon sont les chênes rouvre et pédonculé, le hêtre, le bouleau, le tremble, le charme, l'alisier terminal, le néflier, le genévrier, le pin sylvestre et le pin maritime. Nous verrons plus loin comment ces différentes essences sont distribuées.

La bourdaine est abondante presque partout. Le houx se rencontre dans les parties traitées en futaie. Dans les vides et dans les parties clairiérées, le sol est entièrement recouvert par la bruyère et par l'*agrostis alba*, appelée dans le pays *fenasse*. Les chaumes de cette graminée sont utilisés pour l'emballage des porcelaines fabriquées à Vierzon.

---

1. — La présence de ces lacs est l'une des caractéristiques de l'argile à silex. Quelques-uns ont près d'un hectare de superficie. D'après MM. Gauchery et Dollfus, ces lacs ne sont pas sans analogie avec les *blétoires* de l'Eure. Leurs eaux s'écoulent dans des amas de silex, remplissant des sortes de puits naturels, et pénètrent dans les fissures du terrain crétacé qui forme le soubassement de la Sologne ; arrêtées par les argiles du Gault, elles constituent des nappes artésiennes profondes et alimentent les puits de la région. On a essayé souvent de combler ces lacs ; mais ils reparaissent au bout de peu de temps. Il est probable que les eaux, chargées de chlorures, agissent par dissolution et entraînent peu à peu dans les profondeurs du sous-sol les matériaux amassés dans les dépressions pour les combler. C'est par l'action des eaux chlorurées qu'on a expliqué aussi la formation de l'argile à silex aux dépens des terrains crétacés (marnes à ostracées, sables de Vierzon) qui l'environnent, la disparition des fossiles calcaires remplacés molécule à molécule par de la silice et celle des ossements des cadavres ensevelis dans les *tumuli*. (P. Gauchery et G.-F. Dollfus. *Essai sur la Géologie de la Sologne*.)

CARTE GÉNÉRALE DES FORÊTS DE VIERZON ET DE SAINT-LAURENT

(Extrait du plan d'aménagement commencé en 1793 et terminé le 1er Ventôse an V. — Jacquemais, arpenteur.)

Cliché Lombardeau.

Incendies. — La présence de la bruyère et de la fenasse rendent les incendies très fréquents dans la forêt de Vierzon. En juin 1778 et février 1779, 260 arpents (133 hectares) avaient été la proie des flammes. De 1812 à 1820, des incendies répétés ravagèrent une grande partie de la forêt (314 hectares). Les incendies s'étendirent sur des surfaces encore plus considérables de 1821 à 1856 ; plus de la moitié de la forêt (2.192 hectares) fut détruite par le fléau.

Les incendies les plus importants ont eu lieu aux dates ci-après : 16 avril 1825, 199 hectares ; 29 mars 1835, 150 hectares ; 9 et 10 mai 1835, 464 hectares ; 27 avril 1840, 371 hectares ; 19 avril 1854, 625 hectares. Les dommages causés par ce dernier sinistre furent évalués à plus de 80.000 francs; toute la partie N.-E. de la forêt, du Grand Village à la Brande de Vouzeron, fut parcourue par le feu qui s'étendit sur une longueur de près de 8 kilomètres et sur une largeur de 5 kilomètres. L'intensité du fléau fut telle que l'incendie dura trois jours et qu'il fallut expédier de Bourges, par train spécial, 500 hommes du 15e régiment de ligne et du 8e d'artillerie pour le combattre ; le Conservateur des forêts et le Général commandant le département se transportèrent sur les lieux pour diriger les opérations de secours.

Depuis 1856, le feu a parcouru encore 991 hectares, soit 18,7 o/o de l'étendue totale de la forêt. Les dommages causés peuvent être évalués à 221.800 francs, savoir.

1o Dégâts subis par les peuplements	199.600 fr.
2o Frais d'exploitation des bois incendiés..................	7.000 »
3o Dépenses occasionnées par les travaux de repeuplement.....	13.200 »
4o Indemnités et secours................................	2.000 »
Total..............................	221.800 »
En retranchant le prix de vente des bois incendiés, soit.......	79.900 »
L'évaluation du dommage causé se réduit à.................	141.900 »

Ainsi, depuis cinquante ans, la surface moyenne parcourue annuellement par les incendies a été, en chiffres ronds, de 19 hectares[1] et les pertes subies doivent être évaluées à 2.470 francs par an. L'intensité des incendies dans les parties en taillis est telle que la plupart des souches

---

1. — La surface moyenne incendiée, de 1835 à 1856, a été de 88 hectares par an. La diminution constatée dans l'étendue parcourue annuellement par les incendies, depuis 1856, tient à ce fait que l'ouverture des lignes d'aménagement a permis de lutter plus efficacement contre le feu. Ajoutons que les mesures prises ces dernières années ont contribué à restreindre de plus en plus la surface dévorée par le fléau. Le dernier incendie sérieux a été celui de 1903 et, depuis cette époque, la surface moyenne annuelle incendiée n'a plus été que de 1 h. 11 et les pertes subies annuellement ont été de 91 francs seulement.

sont détruites et que toutes les réserves sèchent sur pied. Aussi, très généralement, le sinistre aboutit à un déboisement complet ; la croissance de la bruyère, de la fenasse, des fougères et des ajoncs est encore activée par la dispersion des cendres sur le sol et le repeuplement se fait avec beaucoup de difficultés.

Les incendies les plus importants, pendant la période 1856-1908, sont ceux des 28 septembre 1870 : 105 hectares — 7 avril 1871 : 150 hectares — 26 avril 1891 : 87 hectares — 14 avril 1898 : 151 hectares — 20 mars 1903 : 88 hectares.

Très souvent les dommages causés ont été encore plus considérables par ce fait que le feu a parcouru les mêmes surfaces à quelques années d'intervalle. 21 hectares, incendiés en 1883, ont été brûlés de nouveau en 1890 ; l'incendie de 1891 a dévoré 99 hectares, incendiés en 1870 et 1871 ; 31 hectares, déjà incendiés en 1871, et 8 hectares, brûlés en 1885, ont été atteints de nouveau par le feu en 1894. 67 hectares du du canton de l'Alouette, incendiés en 1871 et en 1891 ont été brûlés en 1898, soit trois fois en moins de 30 ans. Dans ces conditions, les travaux, entrepris en vue de la reconstitution des peuplements étaient voués d'avance à la stérilité.

L'origine des incendies a été attribuée fréquemment, avant 1856, à la malveillance et ceux-ci ont été considérés comme des représailles exercées par les riverains, vexés de restrictions apportées à l'exercice du pâturage et de tolérances diverses [1]. La plupart des incendies allumés depuis cette époque paraissent dus plutôt à l'imprudence d'ouvriers, de chasseurs, de vagabonds ou de simples promeneurs, ayant jeté par mégarde une allumette mal éteinte dans les bruyères ou les herbes sèches.

Les incendies se produisent généralement en mars et avril. A cette époque de l'année, la fenasse, complètement sèche, s'enflamme avec la

---

1. — Les rapports des agents concernant les incendies de 1835, qui dévorèrent, en 2 mois, une surface de 616 hectares, sont intéressants à consulter ; ils dépeignent les riverains de la forêt comme « exaspérés contre elle » (sic). — « Si nous n'étions qu'en mai, écrit, le 28 mai 1835, M. le sous-inspecteur Desmercières, la forêt entière serait brûlée, je n'en fais pas l'objet d'un doute. Certains préposés, par leurs tracasseries incessantes, des injustices fréquentes et palpables, en accablant les riverains des brandes de la forêt de procès-verbaux odieux par leurs conséquences, ont amené ce triste résultat. » Les cendres de l'incendie du 10 mai 1835 étaient à peine refroidies, que le feu était mis de nouveau, pendant la nuit du 27 au 28 mai, dans un canton couvert de bruyères, par un vent violent du N.-O., qui pouvait faire parcourir aux flammes un trajet considérable ; cette tentative criminelle échoua fort heureusement, grâce à une pluie abondante, sur laquelle les incendiaires n'avaient pas compté et qui apporta au service forestier un secours inespéré.

plus grande facilité et le feu se propage dans des conditions de rapidité qui rendent la défense très malaisée.

Sur 79 incendies, dont nous avons pu retrouver les dates exactes,

27 se sont déclarés au mois d'avril, soit............... 34 o/o
21   —   — de mars,   — .... 27 —
12   —   — de mai   — .... 15 —
7   —   — de février   — .... 9 —
3 se sont déclarés pendant chacun des mois de juin, d'août
et de janvier, soit............................... 4 —
1 s'est déclaré pendant chacun des mois de juillet de septembre et de décembre, soit...................... 1 —

Aucun incendie n'a été signalé pendant les mois d'octobre et de novembre.

Routes et chemins. — La forêt est traversée par 24 kilomètres de routes et chemins publics qui assurent les communications avec Vierzon, Orçay, Nançay, Theillay, Salbris, Neuvy-sur-Barangeon et Vouzeron. La route nationale de Paris à Toulouse, qui passait autrefois par Romorantin et Villefranche-sur-Cher, a été dirigée par Salbris et Vierzon depuis 1751 [1]; elle traverse la forêt à l'ouest sur 4 kilomètres environ.

Un réseau de 25 routes forestières, d'une longueur totale de 62 kilom., complété par 44 lignes et tranchées non empierrées, de 97 kilom. de longueur, assure très convenablement la circulation dans la forêt.

Les dénominations des routes et tranchées sont très variées : *Napoléon* voisine avec *saint Sylvestre* et *Daguesclin*, le sentier des *Boers* conduit à la ligne du *Poireau*. Les tranchées *Sully* et *Colbert* se croisent au rond-point de l'*Agriculture* : la tranchée *Jeanne d'Arc* va du rond-point de *Rouen* à celui de *Domremy* et la tranchée *Charles VII* se prolonge par la ligne *Agnès Sorel*.

Historique. — Le nom de la belle Berruyère [2] est le seul souvenir historique qu'on rencontre dans la forêt, où elle a dû plus d'une fois

---

1. — La construction de cette route avait été ordonnée par arrêts du conseil, en date des 20 octobre 1750 et 6 avril 1751.

2. — La plupart des auteurs, adoptant l'opinion de La Thaumassière, font naître Agnès Sorel à Fromenteau, en Touraine. M. le comte de Toulgoët-Tréanna établit, avec preuves à l'appui, que la « gentille Agnès », cette blonde aux yeux bleus, d'un charme et d'une vivacité incomparables, au teint de lis et de roses, à l'admirable « charnure », suivant l'expression du poète Baïf, « la plus belle femme du royaume » au témoignage de Jacques du Clercq, « entre les belles, la plus jeune et la plus belle du monde », suivant Jean Chartier, est née en 1409 aux Ygonnières, hameau situé à 500 mètres de la lisière nord de la forêt et à 1200 mètres de la route nationale de Paris à Toulouse (COMTE DE TOULGOËT-TRÉANNA, *Histoire de Vierzon*, 1884, Paris, Picard, édit., pp. 202 et suiv.)

promener ses pas, avant de devenir la « dame de Beauté ». Nous n'avons pu trouver, dans les ouvrages des historiens du Berry ou dans les chroniques locales, aucune indication concernant le rôle que la forêt de Vierzon a pu jouer, lors des combats qui se sont déroulés aux environs de la ville [1], notamment en 1196, lorsque Richard Cœur-de-Lion assiégea et incendia Vierzon, pour punir Guillaume Ier d'avoir appelé de ses différends avec lui au roi de France et, en 1356, lorsque la ville tomba de nouveau au pouvoir des Anglais. Le prince Noir, fils d'Edouard III, parti de Bordeaux avec 2.000 hommes d'armes et 6.000 archers, traversa l'Auvergne et le Bourbonnais, répandant partout la ruine et l'incendie ; ayant échoué devant Bourges, Issoudun et Châteauroux, il s'empara facilement de Vierzon, qui ne lui opposa qu'une faible résistance et y trouva d'abondantes provisions de blé et de vin. Après trois jours de repos, les Anglais se retirèrent devant l'approche d'une armée, commandée par le roi Jean en personne.

La forêt de Vierzon faisait partie de la seigneurie de Vierzon, qui dépendit jusqu'au xiiie siècle du comté de Blois. En 1280, elle passa par mariage dans la maison de Brabant, puis dans celle de Juliers. Les comtes de Juliers ayant embrassé le parti de Robert d'Artois, Philippe VI s'empara de la seigneurie, qui fut réunie à la couronne en 1378. Charles VII l'engagea en 1445 à Renaud de Chartres, archevêque de Reims, depuis cardinal et chancelier de France, contre un prêt de 16.000 livres. Elle passa ensuite entre les mains des ducs de Bourbon, Jean II et Pierre II, des ducs d'Anjou et de Guise, puis revint au domaine royal en 1586. En 1620, Louis XIII l'engagea de nouveau à Henri II, prince de Condé. De la maison de Condé, elle passa aux princes de Conti par le mariage de Louise-Elisabeth, avec Louis-Armand et, en 1766, au comte d'Artois, frère de Louis XVI [2].

Soucieux d'augmenter les revenus de son domaine, le comte d'Ar-

---

1. — M. Taussarat suppose cependant que Vierzon, avec ses deux routes gauloises se dirigeant sur Avaricum, l'une par le Briou et Vignoux, l'autre par Foëcy et la Chapelle-Saint-Ursin, « avec son immense forêt, si favorable à une guerre de partisans, nombreux sans doute, puisque plus de vingt villes bituriges avaient été livrées aux flammes en même temps, » a dû jouer un rôle important « dans la lutte terrible que les Gaulois venaient d'engager pour défendre leur indépendance ». (H. TAUSSERAT, *Vierzon et ses environs*, Bourges, 1897, H. Sire, p. 29.)

La forêt de Vierzon dut servir aussi d'asile aux habitants du pays lors de l'invasion du Berry par les Normands, qui s'y établirent dans de nombreuses enceintes fortifiées, connues sous le nom de *mottes* (saxon, *hag*). On en compte plus de 27 aux environs de Vierzon, parmi lesquelles la motte du Briou, à 2 kil., au S. de la forêt.

2. — Au xviiie siècle, la ville de Vierzon était très prospère. Des marchandises à destination d'Orléans descendaient le Cher jusqu'à Tours pour remonter la Loire. On trouvait sur le port de Vierzon de grandes quantités de merrain pro-

tois fit établir à Vierzon, en 1778, des forges, qui comprenaient trois affourés, deux marteaux et deux fourneaux. Transformé, en 1792, par M. Jean Aubertot, qui y fit monter la forge française avec quatre fours d'affinerie, cet établissement fut utilisé par la Convention, comme fonderie de canons, puis vendu, le 5 frimaire an V, au citoyen Carvillon d'Estillières. M. Jean Aubertot s'en rendit acquéreur le 22 janvier 1821 et M. Grenouillet établit, en 1838, une forge anglaise. La société des forges de Châtillon-Commentry transforma en 1863 les forges en tréfilerie et pointerie.

Etat de la forêt en 1670. — Le procès-verbal de la réformation du 18 janvier 1670 [1] assigne aux forêts de Vierzon, de Saint-Laurent, du Parc-Saint-Laurent et de Lunery, qui constituaient un même massif, une contenance totale de 9.556 arpents et demi, en y comprenant 1.953 arpents de bruyères et places vides. L'étendue boisée était de 3.730 hectares environ (7.303 arpents 1/2); elle pouvait se diviser en cinq groupes, savoir :

1° 125 hectares de futaie, de l'âge de 60 à 80 ans, « d'assez bonne nature et bien venante »;

2° 348 hectares de futaie, de 30 à 60 ans, « assez bien venante et de bonne nature » ;

3° 69 hectares de taillis, « recrues et vieilles ventes de l'âge de 20 ans assez bien plantées et bien venantes » ;

4° 1.032 hectares de *vieilles ventes* « entièrement perdues, abrouties par le pacage ordinaire des bestiaux et bêtes à laines ou sans aucun rejet, dans lesquelles restent seulement quelques vieils balliveaux de chesne, tous estez ébranchés et la plus part creux » ;

5° 2.156 hectares, « entièrement ruinés et dégradés, estant la pluspart en places vides et bruières, » à cause des incendies et du pacage des bestiaux.

Ainsi, lors du passage des commissaires réformateurs, la forêt de Vierzon ne comprenait que 11 o/o de parties boisées et 89 o/o de vide

---

vénant du Bourbonnais, et de Combrailles, des bois de *rotte, charnier,* de la latte et « des bois merrains » fournis par les forêts du Berry. En 1720, on compta sur ce port pour plus de 4 millions de livres de bois. (H. TAUSSERAT, *loc. cit.,* p. 384).

1. — *Procès-verbal de visitte génuralle faite par les sieurs Florimond Hurault, chevalier, seigneur de Saint-Denier, conseiller du Roy en ses conseils, grand maître enquesteur et général réformateur des eaux et forêts de France, en les provinces des généralitez d'Orléans, Blois, Tours, Poitiers, Bourges et Moulins, et Jean Leferon, conseiller, etc., commissaire départy par sa Majesté pour la réformation générale des eaux et forêts desdittes provinces et généralitez* (Archives de la 20ᵉ Conservation).

et de terrains improductifs. Il est à noter que toutes les parties traitées en futaie sont bien venantes, tandis que les surfaces exploitées en taillis ne méritent plus le nom de bois et ne présentent que des vides, où l'on trouve seulement çà et là des baliveaux, ébranchés, presque tous « vieux et pourris ». Ces constatations démontraient péremptoirement la supériorité du régime de la futaie sur le taillis dans une forêt, si exposée aux incendies et à la dent des bestiaux [1].

Aussi les commissaires prescrivirent-ils d'appliquer le traitement en futaie sur toute l'étendue de la forêt et l'exploitation *à tire et aire*, à l'âge de 150 à 200 ans. Ils ordonnent en outre de « labourer les grandz vides et les semer de glands pour les laisser recroîstre en fustaye...Pour donner moyen aux usagers et riverains de la dite forest de pouvoir faire pacager leurs bestiaux sans entrer dans ladite forêt », on leur abandonne 1919 arpents (980 hectares) de bruyères et de bois dont le fonds est

---

[1]. — L'état déplorable des forêts du Berry aux XVIIe et XVIIIe siècles doit être attribué aux abus de pâturage, à la fréquence des incendies, à la funeste habitude qu'avaient les laboureurs d'aller couper dans les forêts des rouettes pour lier les gerbes de blé, ainsi qu'à « l'usage abusif d'ajouter sur le devant ou le derrière des voitures, outre leur charge ordinaire, deux fascines ou charges de bois, appelées vulgairement *salades* que les voituriers prennent furtivement dans les bois de Sa Majesté et des autres propriétaires et qu'ils vendent pour leur compte, ce qui excite depuis longtemps les plaintes des marchands de bois et des propriétaires. »

Dans un mémoire adressé à Paris le 21 février 1766, l'Intendant de la généralité de Bourges se fait l'écho des plaintes des propriétaires de bois de la province, relativement à la coupe des jeunes brins de taillis « que les gens de la campagne se croient en droit d'aller couper impunément dans tous les bois, soit de nuit, soit de jour, ce qui les dégrade et les ruine entièrement (Archives du Cher, C. 303. V. aussi la lettre du subdélégué de la Charité, en date du 14 avril 1775). »

Le 9 janvier 1773, Pierre-Antoine-Jean Rémond, maître particulier de la maîtrise royale et particulière de Bourges, prend un arrêté « afin de remédier au préjudice notable que cause aux bois de notre ressort la quantité exorbitante de chèvres qu'on y élève ;... de prévenir les incendies que les bergers et autres occasionnent, en allumant du feu dans les bois, landes et bruyères. » Le maître particulier rappelle les peines portées par l'art. XXIV de l'ordonnance royale de mai 1597, confirmée par celle du mois d'août 1669 et ajoute : « Faisons très-expresses inhibitions et défenses à toutes personnes de quelque état, qualité et condition qu'elles soient, de tenir ni élever plus d'une chèvre par famille, qu'ils mènent paître en laisse et hors les bois, garennes, buissons, landes et bruyères, à peine de 20 sols d'amende par chaque chèvre... défendons à tous pâtres, bergers, laboureurs et autres, d'allumer du feu aux rives et rains des Forêts, bois, buissons, landes et bruyères, dans quelques temps et saison que ce soit, à peine de 100 livres d'amende... défendons de se servir des liens de bois pour lier les gerbes de bled, à peine de 20 sols d'amende par chaque gerbe... faisons défense à tous voituriers et autres de plus à l'avenir conduire en cette ville et fauxbourgs, aucune charge de bois appelée salade, à peine de 3 livres d'amende (Archives du Cher, ibidem). »

Par arrêté du 21 juillet 1755, le grand maître des Eaux et Forêts au département du Poitou, Nivernais, Bourbonnais, etc., défend également « à tous habitants, moissonneurs et ouvriers de couper et de se servir de rouettes ou *réortes* de chêne pour lier leurs grains et à tous propriétaires de bois de souffrir qu'il en soit coupé (ibidem) ».

fort maigre et ingrat, en payant par eux les redevances ordinaires et à la charge de fossoyer en droite ligne, le plus qu'il se pourra, contre ladite forêt de Vierzon, lesdites bruyères de « bons, fossés de huit pieds d'ouverture et six de profondeur, plantés à double rangée d'espines et de les entretenir pour empêcher l'entrée de leurs bestiaux dans la forest ».

Aménagement de 1779. — Malheureusement, un siècle plus tard, la construction des forges de Vierzon devait entraîner la modification du traitement rationnel appliqué à la forêt et la nécessité d'assurer l'approvisionnement de ces usines [1] devait avoir les conséquences les plus fâcheuses pour son avenir.

Dans une enquête présentée au roi, en 1778, le comte d'Artois demande qu'à l'avenir l'âge d'exploitation des coupes soit fixé à 22 ans, avec réserve de dix baliveaux par arpent dans les parties traitées en futaie et demi-futaie et de seize baliveaux par arpent dans les parties exploitées en taillis.

Statuant sur cette demande, l'arrêt du Conseil d'Etat du Roi du 19 octobre 1779 ordonne la mise en réserve pour croître en futaie de 738 arpents (377 hectares), le surplus étant exploité en taillis à l'âge de 35 ans, avec réserve de 40 baliveaux par arpent (25 baliveaux de l'âge, 10 du second âge, 5 du troisième) pendant la première révolution. On ne devait plus réserver que 20 baliveaux de l'âge du recrû, à la deuxième révolution et 16 lors des révolutions suivantes, le nombre des baliveaux plus âgés étant porté successivement à 20 et 24. Les parties traitées en futaie devaient être exploitées à tire et aire, avec réserve de 15 baliveaux par arpent. S. M. ordonnait en outre que le peuplement des vides existants, qui occupaient une surface de 1.350 arpents (689 hectares), aurait lieu à raison de 50 arpents par an et que des fossés et rigoles seraient exécutés pour assurer l'écoulement des eaux dans les parties humides.

Les dispositions de cet arrêt étaient inspirées par le procès-verbal de reconnaissance dressé le 5 février 1779 par le Sr Menassier, maître particulier en la maîtrise d'Auxerre, en exécution de l'arrêt du conseil du 15 décembre 1778. Ce rapport constate que la forêt est assise sur un assez mauvais sol, à l'exception de quelques cantons, que la plupart des baliveaux, qui ont été réservés, sont morts en cime, que la croissance des taillis est très faible, que la ville de Vierzon, dont la population est

---

1.— L'état statistique dressé en 1780 par les soins de l'intendant de la généralité de Bourges évalue à 20.000 cordes de bois la consommation annuelle des forges de Vierzon (Archives du Cher, C. 356).

d'environ 5.000 habitants, peut trouver dans les bois particuliers voisins et dans les têtards qui existent dans les haies, séparant les héritages, le bois de chauffage nécessaire à sa consommation (1.500 à 1.600 cordes par an), tandis qu'elle ne peut trouver que dans les forêts du domaine les 3.000 pieds cubes de bois de construction qu'elle emploie annuellement.

Aménagement de 1785. — Un nouvel aménagement des bois dépendant de la maîtrise de Vierzon fut fait en 1785 par Pierre-Louis-Casimir Duquesnay de Moussi, grand Maître des Eaux et Forêts du département de Blois, Berry, haut et bas Vendômois, en exécution d'un arrêt du Conseil du 6 avril 1784. On lit dans ce document que l'aménagement de 1671 a été fait « sans consulter la nature du terrain et l'essence des bois... que les bois dépérissent à partir de l'âge de 25 ou 35 ans, que les souches s'appauvrissent et meurent, laissant la place aux bruyères et morts bois... que si on coupait les bois plus jeunes, on verrait les vides se repeupler d'eux-mêmes ». Nous verrons plus loin combien cette appréciation était inexacte.

La contenance totale de la forêt, qui n'était que de 9.967 arpents en 1670, a été évaluée à 10.549 arpents 80 perches (5.387 hectares 59 ares) [1], dont 7.885 arpents 80 perches « de plein bois » et 2.664 arpents (1.360 h.) de *friches*. L'aménagement prévoit le repeuplement de 1.352 arpents (690 hectares) de friches et le « dessèchement des parties aquatiques », par le moyen de l'ouverture « dans les endroits les plus bas de fossés de 6 pieds de largeur et de 4 pieds de profondeur, dirigés suivant la pente du terrain jusqu'à ce que l'on puisse rencontrer le cours des ruisseaux ». 1.312 arpents restent abandonnés aux riverains pour le pacage des bestiaux, « sans que cet abandon puisse faire un titre pour eux ».

Les forêts de la maîtrise de Vierzon comprenaient alors :

1° Les deux forêts de Vierzon et de Saint-Laurent, séparées par le chemin de la Départie [2]. « Quoique connues sous deux noms différents et exploitées séparément, elles ne forment entr'elles qu'un seul et même massif de bois [3] » ;

2° Le bois du Parc Saint-Laurent, petit massif de 76 hectares, situé au S.-E. du précédent, à 1400 mètres du village de *Saint-Laurent ;*

---

1. — Le rédacteur de l'aménagement attribue cette augmentation de contenance à la formation d'accrues. Il constate que le canton des « Zigonnières, » entièrement vide en 1670, est « planté en bois taillis » en 1785.

2. — Aujourd'hui chemin de grande communication n° 29 de Vierzon à Aubigny.

3. — Le nom de forêt de Saint-Laurent a été conservé à tort sur la carte d'Etat-major et sur celle du ministère de l'Intérieur. Il n'est plus usité aujourd'hui.

3° Le bois de Lunerie (34 h. 20 a.), situé au S. de la forêt de Saint-Laurent, près du *Village d'en haut*, aliéné en 1818.

Elles étaient divisées en 4 triages ou séries d'exploitation :

1° Triage de Vierzon, à l'O. du chemin de la Départie.......   3743 a. 80 p.
2° Triage de la Leu, entre le chemin de la Départie et celui de Vierzon à Neuvy...................................   2545 a. 70 p.
3° Triage des Morues [1], au sud du précédent..... ....   2531 a. 50 p.
4° Triage de la Réserve, comprenant les cantons de la Corne du Briou, de la Pointe de Guérigny et du Parc Saint-Laurent...   1295 a. 80 p.

Le triage de la Réserve comprenait 400 arpents de friches, « situées sur un très bon sol et l'un des plus secs de toute la forêt », dont la jouissance devait être laissée aux riverains, « jusqu'à ce que le Prince en ordonne autrement », 341 arpents de futaie et demi-futaie, âgés de 60 à 120 ans, à la Corne du Briou, et 554 arpents 80 perches de taillis, âgés de 3 à 7 ans. L'aménagement recommande de faire récéper les taillis du Parc St-Laurent, où les baliveaux, quoique assez beaux, meurent en cime, afin de leur donner plus de force et de leur permettre d'étouffer les bois blancs.

Cette partie de la forêt, qui contenait 895 arpents 80 perches de bois, était la seule destinée à croître en futaie, conformément aux dispositions de l'arrêt du Conseil du 6 avril 1784. Les 3 premiers triages [2], qui comprenaient 4.908 arpents 80 perches de futaie et demi-futaie, de l'âge de 50 à 115 ans, et 2.161 arpents 20 ares de taillis furent divisés en 27 coupes « pour être exploités à l'âge le plus favorable pour fournir du bois à charbon, avec réserve de 16 baliveaux par arpent. » En somme, la forêt de Vierzon renfermait à cette époque 2.682 hectares de futaie et la conversion en taillis, prescrite pour la plus grande partie (2.200 hectares au moins), a été une déplorable erreur.

La surveillance de la forêt était alors exercée par 5 gardes, savoir : 2 pour le triage de Vierzon, résidants à Vierzon et aux Ygonnières, 3 résidants à Orçay, la Leu et aux Morues, entre lesquels étaient répartis les triages de la Leu, de la Réserve et des Morues. Actuellement le personnel de surveillance comprend 2 brigadiers et 6 gardes ; la répartition du service de ceux-ci est à peu de chose près la même qu'elle était en 1785.

---

1. — *Morues*, du celtique *mor*, mer, étendue d'eau. Ce vocable indique des parties marécageuses. Ainsi l'étang de *Morue*, dans la commune de Neuilly-en-Sancerre, près du fossé du Grand-Géant, le village de *Morogues*, etc.

2. — D'après les indications de l'aménagement, le triage de Vierzon était le plus humide de toute la forêt, celui de la Leu « le plus clairement planté » ; le triage des Morues était « en général très propre au bois ».

Aménagement de 1793. — L'aménagement de 1785 ne devait avoir qu'une durée éphémère. Huit ans plus tard, il était remplacé par un nouveau règlement d'exploitation, suivant l'avis du conseil du directoire du département du Cher, en date « du 30 septembre 1763 (v. s.), an IIe de la République française [1] ». Ce règlement n'apportait d'ailleurs que des modifications peu sensibles à l'aménagement de 1785. Il partageait la forêt en deux parties :

1° 6.326 arpents 80 perches (3.231 hectares), comprenant 2.602 arpents 60 perches de futaie, de l'âge de 70 à 120 ans, et 3.724 arpents 20 perches de taillis, de l'âge de 1 à 42 ans, étaient affectés à l'affouage des forges de Vierzon et formaient 3 triages divisés chacun en 30 coupes. On devait réserver, lors des exploitations, par arpent « 25... baliveaux de brins et essence de chêne, autant qu'il sera possible, savoir : 15 de l'âge du recrû, 5 du second âge, 5 du troisième » ; les baliveaux des deux dernières catégories devant être remplacés, en cas de besoin « par des baliveaux modernes sains et non couronnés ». On devait laisser en outre pour le service de la forge, dans chaque coupe, un certain nombre de « baliveaux, quelques hêtres et charmes des plus beaux et mieux venants, pour faire des manches de marteaux, coins, sabots et autres ustensiles propres à cette manufacture ».

2° 1.500 arpents (766 hectares), réservés en futaie pour l'usage de la ville de Vierzon, « les coupes devant être vendues annuellement au feu pour le proffit de la Nation ». Cette réserve comprenait, outre les 895 arpents 80 perches réservés en 1785, 604 arpents 20 perches de taillis, âgés de 6 à 7 ans et de 15 à 40 ans, situés aux cantons de la Ligne-le-Roi, de la Plaine, de Guérigny et de Lunerie. Elle était divisée en 60 coupes, qui devaient être exploitées à tire et aire, avec réserve de 15 baliveaux de l'âge par arpent.

Nous exposerons plus loin quelles furent les conséquences néfastes de ces combinaisons, échafaudées sans étude préalable des peuplements, qui, soumis à un règlement mal adopté aux exigences de la situation, furent, en quelque sorte, torturés sur un véritable lit de Procuste. Un rapport de M. Dubois, Inspecteur général de l'Enregistrement, des Domaines et des Forêts, en date du 30 mai 1819, renferme des observations très judicieuses sur les résultats du traitement appliqué depuis 1796, ainsi que des détails curieux sur l'organisation du service pendant la Révolution et l'Empire.

---

[1]. — *Aménagement des forêts de Vierzon*, par Pierre-Placide Normand, lieutenant, Silvain Pornaio, garde-marteau, Claude-René Gourdon, agent national forestier, et Nicolas-Gabriel Richer, greffier de la cy-devant maîtrise de Vierzon.

« Dans l'espace de vingt-deux ans, dit ce haut fonctionnaire, 1.100 hectares de futayes ont été convertis pour la plupart en mauvais taillis de bois blancs ; et la superficie de 1.500 à 2.000 hectares de taillis a été tellement appauvrie qu'on ne peut plus compter que sur des produits précaires, en nature comme en argent. Bref, l'on remarque, d'après le système d'aménagement aujourd'hui en vigueur, que les belles futayes sont abattues concurremment avec les taillis de trente ans pour recroître à cet âge et, par contre, d'autres taillis se trouvent compris dans les soixante coupes choisies pour croître à l'âge de 60 ans ; de pareilles aberrations sont réellement inimaginables.

«... En pénétrant dans ces forêts, dit-il encore, l'on s'aperçoit aisément qu'elles ont été livrées à l'impéritie la plus absolue et à une insouciance funeste. Depuis quarante ans jusqu'à ce jour, on a abattu et l'on abat encore en sens inverse des lois de la reproduction, notamment dans les futayes. » Les agents d'exécution n'ont pas étudié le terrain et ne se sont pas même doutés « que pour administrer des bois, il fallait au moins les avoir *marchés (sic)* ». Les archives sont dans le plus grand désordre. « Le service est dans l'enfance. Enfin, chose incroyable, les gardes eux-mêmes n'ont point de garderies déterminées. Par exemple, une forêt composée de quatre garderies est surveillée par quatre gardes sans aucune division ; d'où il suit, qu'il n'y a aucune responsabilité de ce fait. » Les neuf routes ouvertes, en vertu des arrêts du conseil des 19 octobre 1779 et 6 avril 1784, et les chemins de desserte des coupes avaient disparu ; aucun travail d'assainissement n'avait été effectué.

Pour remédier à « la décadence toujours croissante de la forêt », l'Inspecteur général proposait d'exploiter les taillis à 20 ans dans les divisions de Vierzon et de la Leu, et à 25 ans dans celle des Morues et d'exploiter 568 hectares de futaies, âgées de 110 à 150 ans, « par voie de réensemencement naturel », dans l'espace de 30 à 40 ans. Ces propositions paraissent avoir été inspirées par un mémoire de M. Jean Aubertot, propriétaire des forges de Vierzon, qui offrait d'exploiter par anticipation 1.364 hectares de taillis et 43 hectares de futaie pour la somme de 300.000 fr., alléguant qu'il pourrait assurer ainsi l'existence d'un grand nombre d'ouvriers et « augmenter la fabrication des fers d'excellente qualité et très recherchés dans les approvisionnements des arsenaux ».

Toutefois, les propositions de M. Dubois ne furent suivies d'aucune suite. En 1838, M. l'Inspecteur Desmercières formule de nouvelles critiques. Il constate que l'aménagement de 1793 n'est pas approprié aux besoins actuels, qu'il n'est pas assis sur le terrain, qu'on n'a jamais tenté sérieusement d'assainir la forêt, que le tremble et le bouleau s'y multiplient d'une façon fâcheuse. D'après cet agent supérieur, le traitement en futaie de toute la forêt « serait, à n'en pas douter, le moyen certain d'améliorer le sol et de faire disparaître les plantes parasites, bruyères, houx, et la fenasse qui peuplent seuls de vastes étendues ». Il propose de l'appliquer sur 1.500 hectares, formant « un rideau encadrant la ville de Vierzon », et de diviser en 5 séries 2.800 hectares de taillis, qui seraient exploités à 25 ans. Pour mener à bien les travaux d'assiette de ce projet d'aménagement, l'Inspecteur demande le remplacement du garde général de Vierzon, très méritant du reste, mais âgé de 71 ans et qui n'a pu faire le moindre service depuis dix-huit mois, par un agent plus jeune et plus actif !

Malgré tous ses inconvénients, l'aménagement de 1793 continua à être appliqué jusqu'en 1857. Comme ceux de 1779 et de 1785, ce règlement d'exploitation avait surtout pour objet la production du bois nécessaire à la consommation des forges de Vierzon et était d'ailleurs en contradiction avec les principes les plus élémentaires de la sylviculture. La conversion en taillis de futaies, de l'âge de 70 à 120 ans, a eu pour résultat la formation de taillis clairiérés, entrecoupés de vides qui furent promptement envahis par la bruyère ; les réserves maintenues sur pied ne tardèrent pas à se couronner, dès qu'elles furent isolées. La partie destinée à croître en futaie était du reste assez mal choisie, puisqu'elle comprenait des taillis sur 77 o/o de la surface ; en outre la révolution de 60 ans, qui lui était appliquée, était beaucoup trop courte pour que le réensemencement naturel pût se faire dans de bonnes conditions et que les bois pussent acquérir des dimensions en rapport avec les besoins qu'ils étaient destinés à satisfaire.

L'application de l'aménagement dans les parties à traiter en taillis a été contrariée par les incendies, qui ont dévoré près de 2.500 hectares et ont obligé souvent à asseoir les coupes dans la réserve. D'autre part, on n'a pas exploité, fort heureusement, toutes les vieilles futaies comprises dans la réserve et on a laissé croître en futaie des parties qui devaient être exploitées en taillis. En 1856, on trouve dans la forêt :

1° 1.004 hectares de futaie (au lieu de 2.682 hectares en 1785 !) ;

2° 3.270 hectares de taillis ;

3° 1.041 hectares de vides situés sur le périmètre en 5 masses différentes à l'O., au N., au N.-E., à l'E. et au S., auxquels on donne le nom de *brandes*.

Les taillis se sont augmentés de 1.683 hectares aux dépens de la

futaie, tandis que l'étendue des vides atteint 3oo hectares de plus. Tel est le bilan désastreux de l'aménagement de 1793.

Aménagement de 1857. — L'aménagement, terminé en 1857, après quatre années d'études, par MM. de Chênedollé, sous-inspecteur, et Petit, garde général [1], eut pour objet de remédier aux inconvénients de l'aménagement précédent et de faire une part beaucoup plus large à la futaie, tout en laissant subsister les taillis nécessaires à l'alimentation des forges et des fabriques de porcelaine qui consommaient alors annuellement 15o.ooo stères de bois à charbon et 25.ooo à 3o.ooo stères de bois de chauffage.

Les aménagistes établissent deux sections : la première, de futaie, comprenant 1.oo4 hectares de futaie, âgée de 1 à 200 ans, 932 hectares de taillis, âgés de 1 à 5o ans, et 32 hectares de vides, soit en tout 1.968 hectares ; la seconde, de taillis, qui s'étendait sur 2.355 hectares. Les *brandes*, dont la contenance est de 981 hectares, sont laissées en dehors de l'aménagement [2].

La section de taillis fut divisée en 11 séries, chacune d'elles étant exploitée à la révolution de 3o ans. La possibilité annuelle était de 78 ha. 5o a.

La section de futaie fut partagée en 3 séries. La 1re, comprenant des bois d'âges convenablement gradués, fut soumise à une révolution de 160 ans ; elle était constituée par 413 hectares de futaie et 3o6 hectares de taillis de 6-8, 13-16 et 5o-53 ans, provenant pour la plupart de recépages de bois incendiés. La 2e série, constituée par 36 hectares de fourrés et gaulis, 188 hectares de perchis et futaie de 5o et 78 ans, et 357 hectares de taillis de 1 à 4o ans, devait être parcourue par des coupes préparatoires à la conversion pendant une révolution préparatoire de 20 ans. Les peuplements de la 3e série consistaient en 242 hectares de jeunes recrus, 124 hectares de futaie de 78 et 165 ans et 268 hectares de taillis de 1 à 3o ans ; cette série devait être parcourue, pendant une révolution préparatoire de 4o ans, par des coupes de régénération et par des coupes de transformation, ayant pour but d'assurer la conversion de toute la série en futaie pleine.

La possibilité des coupes de régénération dans les 1re et 3e séries était

---

1. — Ce travail comprenait non seulement l'aménagement de la forêt, mais encore la triangulation, les levés généraux et de détail, la délimitation générale et le nivellement. M. de Chênedollé, le fils du poète du *Val de Vire*, eut comme collaborateurs, en dehors de M. Petit, qui restera avec lui jusqu'à la fin, MM. de Gayffier, Morin, Condé Duforesto, de Bonnault et Savin.

2. — 60 hectares de vides furent rattachés aux peuplements voisins.

fixée à 2.289 mètres cubes et l'étendue à parcourir annuellement en coupes d'amélioration dans les 3 séries à 68 ha. 76 a. Avec un matériel exploitable de **65.000** mètres cubes sur 232 hectares, l'aménagement entreprenait la conversion de 931 hectares de taillis, et laissait prévoir qu'à l'expiration de la première révolution de taillis on pourrait entreprendre la conversion d'une ou plusieurs des séries de taillis.

Non seulement les prévisions de cet aménagement n'ont pas donné de mécomptes, mais dès 1878 on pouvait asseoir des coupes de régénération dans la 2ᵉ série, à raison de 1.049 mètres cubes par an, augmenter en 1885 de 447 mètres cubes la possibilité de la 1ʳᵉ série et porter en 1878 l'étendue annuelle des coupes d'éclaircie à 85 ha. 13 a.

Le revenu annuel moyen de la forêt de Vierzon, de 1843 à 1857, avait été de 121.432 francs. Malgré les économies forcées résultant de la conversion, le rendement annuel a été, pendant la période 1878-1897, de 9.193 mètres cubes, d'une valeur de 94.561 francs.

L'aménagement de 1857 considère, à juste titre, les travaux d'assainissement à exécuter dans la forêt comme *l'amélioration la plus importante que réclame la forêt de Vierzon, celle qu'il convient de réaliser de préférence à toute autre et dans le plus bref délai possible.* Il prévoit que les assainissements devront être faits sur 2.865 hectares de terrains humides et comporteront l'ouverture de 519.720 mètres de fossés. D'après les indications qu'il contient, les travaux de repeuplement doivent être exécutés sur 1.211 hectares de vides, y compris les brandes, et 440 hectares de clairières.

Aménagement actuel. — La 1ʳᵉ période de la révolution de 160 ans, adoptée pour la 1ʳᵉ série, et la révolution préparatoire de 40 ans, fixée pour la 3ᵉ série par le décret du 23 mars 1858, qui a sanctionné les dispositions de l'aménagement de 1857, expiraient en 1897. Il en était de même de la première sous-période de 20 ans de la révolution de 160 ans, adoptée pour la 2ᵉ série par un décret du 27 avril 1877. La première révolution de 30 ans adoptée pour les séries de taillis était terminée depuis 1888.

Il était donc nécessaire de réviser l'aménagement de 1857. D'ailleurs les causes, qui avaient motivé, 40 ans plus tôt, le maintien du régime du taillis sur 44 o/o de l'étendue de la forêt n'existaient plus. La consommation des bois de feu dans la région était notablement réduite ; les forges de Vierzon n'employaient plus, depuis longtemps, le bois comme combustible et, depuis 7 à 8 ans, les derniers fours à porcelaine marchant au bois avaient été remplacés par des fours au coke, au gaz ou par des fours électriques. On observait de plus en plus le dépérissement des souches dans les parties traitées en taillis : environ 20 0/0 des souches, dans les coupes où l'on n'écorçait pas, 25 0/0 dans les coupes où l'écorçage était pratiqué, ne repoussaient pas. Les dégâts causés sur les jeunes pousses par les gelées printanières et par la dent du gibier, très abondant en raison de la proximité des chasses gardées de la Sologne, étaient surtout sensibles dans les séries de taillis.

Enfin la fréquence et l'importance des incendies semblaient être une conséquence inévitable du traitement en taillis, qui permettait au sol de se garnir très rapidement de bruyères, de fougères, d'ajoncs et de fenasse (*agrostis alba*). Alors que, depuis 1870, on n'avait eu à déplorer dans la section de futaie que 3 incendies, ayant parcouru en tout 5 h. 51 a., sans causer de dommages sérieux, 643 hectares avaient été dévastés par 16 incendies dans les séries de taillis et le dommage avait été évalué sans exagération à plus de 84.000 francs.

De toutes ces observations, il était aisé de conclure que le maintien du couvert était indispensable pour conserver au sol sa fertilité et le protéger contre les incendies. Les résultats du traitement en futaie, appliqué depuis 40 ans sur 1.968 hectares, étaient d'ailleurs convaincants. Par suite de la nature du sol, la croissance du chêne reste lente pendant les 50 premières années et ne devient active qu'à partir de 60 et 70 ans. Les peuplements du Parc Saint-Laurent, exploités en taillis en 1778 et 1780, où, en 1784, les baliveaux étaient morts en cime, sont devenus les plus beaux de la forêt. La régénération se fait avec la plus grande facilité dans tous les cantons soumis au régime de la futaie et le hêtre tend à y occuper la place qui lui revient. Les 957 hectares de brandes ont été presque entièrement reboisés et présentent des massifs complets, dont l'âge varie de 8 à 35 ans [1].

Pénétré de l'importance des faits que nous venons d'exposer, un praticien du plus grand mérite, M. l'Inspecteur Le Blanc, crut devoir proposer de traiter toute la forêt en futaie et d'adopter une révolution normale de 180 ans, correspondant aux dimensions les plus recherchées par le commerce. D'après le projet présenté par cet agent, la forêt aurait été divisée en 4 séries ; la 1re série aurait été soumise à une révolution transitoire de 160 ans, les 3 autres à des révolutions préparatoires de 60 ans. Le matériel exploitable étant de 166.000 mètres cubes [2], la possibilité globale des coupes de régénération eût été de 4.958 mètres cubes,

---

1. — La surface des brandes avait été réduite à 957, h. 20 a. par suite de l'aliénation de la brande du Briou (24 h. 12 a), opérée en 1858.
2. — 160.000 mètres cubes de plus qu'en 1857.

en tenant compte de l'accroissement du matériel dans les 1re et 2e séries ; les coupes d'amélioration auraient parcouru annuellement 250 hectares et les coupes de taillis 37 hectares. La production annuelle eût été de 10. 353 mètres cubes et le revenu annuel moyen de 125. 000 francs.

Ce projet n'ayant pas reçu l'approbation de l'Administration qui redoutait un échec de la conversion, possible à cause de l'étendue considérable des taillis et des brandes, on s'est borné à incorporer à l'ancienne 1re série de futaie 270 hectares de taillis et 152 hectares de brandes et à former avec le surplus de la section de futaie une 2e série de futaie *provisoire*. On a maintenu 10 séries de taillis, exploités à la révolution de 35 ans. 794 hectares de brandes sont parcourus par des coupes d'amélioration à la périodicité de 12 ans. Pendant une période de 40 ans, la possibilité annuelle des coupes de régénération a été fixée à 3.561 mètres cubes dans les 2 séries de futaie et l'étendue annuelle des coupes d'amélioration à 125 hectares. Telles ont été les dispositions arrêtées par le décret du 5 avril 1900.

Depuis lors, aucun changement n'a été apporté à la situation. Toutefois à la suite des incendies qui avaient ravagé 254 hectares de 1898 à 1903, causant un dommage de 43.000 francs environ, une décision de M. le Directeur Général des Eaux et Forêts, en date du 1er juillet 1903, a prescrit de marquer les coupes en délivrance dans les séries de taillis et de les vendre par unités de produits. Cette sage mesure permet de conserver le couvert nécessaire pour empêcher l'envahissement du sol par la bruyère, les ajoncs et les autres plantes qui offrent un aliment facile à l'incendie. Précédemment d'ailleurs, l'Administration avait recommandé de présenter des propositions, tendant à remplacer les coupes de taillis par des coupes d'amélioration, chaque fois qu'une coupe ou portion de coupe serait constituée par un peuplement formé de brins de semence.

De 1900 à 1908, le rendement annuel moyen de la forêt a été de 7.105 mètres cubes, y compris les coupes d'amélioration et les produits accidentels, chiffre qui correspond à une production annuelle moyenne de 1^{m3}, 344. Le rendement en argent a été de 114.670 francs par an, correspondant à un revenu de 21 fr. 65 par hectare.

Pendant cette même période, les dépenses (frais de surveillance, impôts[1] et travaux) ont été de 38.150 francs par an. Le rendement annuel moyen net en argent a été de 14 fr. 43 par hectare ; il tend à se relever et a atteint 18 fr. 48 en 1906, au lieu de 10 fr. 09 en 1901.

---

1. — A noter l'augmentation du chiffre des impôts qui, de 7.009 fr. en 1900, a atteint 10.507 fr. en 1907.

En somme, la forêt de Vierzon rapporte 20.000 francs de plus, depuis l'application de l'aménagement de 1900, que dans les dernières années de l'application de l'aménagement de 1857, et le rendement va bientôt atteindre le chiffre obtenu de 1843 à 1857, lorsqu'elle était traitée en taillis sur les 4/5 de son étendue.

Peuplements et essences. — La forêt de Vierzon comprend actuellement :

1° 650 hectares de futaie, âgée de 90 à 250 ans ;

2° 1.140 hectares de perchis, âgés de 50 à 90 ans ;

3° 984 hectares de fourrés, gaulis, bas-perchis, âgés de 1 à 50 ans ;

4° 2.176 hectares de taillis-sous-futaie, âgés de 5 à 40 ans ;

5° 333 hectares de vides incomplètement repeuplés.

Les taillis forment deux grandes masses, l'une de 1.075 hectares à l'O. de la forêt, l'autre de 850 hectares au N.-E. Leur végétation est en général peu vigoureuse ; ils sont entrecoupés de vides et de clairières dont le sol est envahi par la bruyère et la fenasse. Les vieilles réserves sont rares et beaucoup d'entre elles sont sur le retour. Les taillis renferment environ 250 hectares, peuplés presque exclusivement de pins sylvestres et de pins maritimes, dont l'âge varie de 10 à 60 ans.

Sur le périmètre S. se développant en arc de cercle sur une largeur de 10 kilomètres, on trouve 650 hectares de futaies exploitables, âgées de 90 à 250 ans. 120 hectares sont à l'état de coupes d'ensemencement, 190 hectares à l'état de coupes secondaires ; le surplus est intact. Les futaies sont réparties dans les cantons de Bon-Aigle [1], du Briou, de la Croix-Bodin, de Guérigny et du Parc Saint-Laurent ; elles forment des massifs d'une imposante majesté et les arbres y atteignent fréquemment 28 mètres de hauteur et 1 m. 10 de diamètre. « Le chêne y acquiert des dimensions colossales, écrivait en 1838 M. l'Inspecteur Desmercières, et sur quelques points encore des arbres trois et quatre fois séculaires ne portent point les signes d'un dépérissement bien caractérisés. Les bûcherons les appellent arbres de César. Ils ne sauraient certes remonter à une telle époque, mais cette désignation, passée d'âge en âge et incomprise par ceux qui l'emploient, prouve que la

---

1. — L'orthographe adoptée par la carte d'État-major est *Bonègue*. Cependant on trouve en 1393 le nom de *Bonaigle*, parmi les fiefs relevant de la grosse tour de Vierzon ; à cette époque ce domaine, situé à 200 mètres au sud de la forêt, appartenait à Guillaume de Rully. Au fief de Bonaigle était attaché le droit de chasse à cors et à cris dans la forêt de Vierzon, ainsi que le droit de pacage pour quinze bêtes aumailles, dix porcs et leur suite (H. TAUSSERAT, *loc. cit.*).

forêt de Vierzon fut toujours remarquable et rappelle que Jules César en effet la cite dans ses Commentaires. »

L'arbre de la forêt le plus remarquable par ses dimensions est le *Chêne blanc* ou *Chêne Saint-Louis*, situé dans la parcelle B¹ du Parc Saint-Laurent ; ce géant mesure 3 m. 08 de tour à 1 m. 30 du sol, 20 mètres de hauteur de fût et 30 mètres de hauteur totale.

Les essences feuillues entrent pour 92,6 o/o dans la composition du peuplement. Ce sont le chêne rouvre, qui est dominant, et subsidiairement le chêne pédonculé, le bouleau, le hêtre, le charme, le tremble, le frêne, l'alisier terminal, le néflier, le châtaignier.

Le chêne rouvre, qui forme les 76 centièmes du peuplement, se présente en massifs presque toujours à l'état pur. On ne rencontre le chêne pédonculé que dans les parties les plus humides et très généralement il appartient à la variété connue sous le nom de *tardif*, à cime plus pointue, à ramification plus régulière et dont la foliaison se produit six semaines à deux mois plus tard que dans le type ordinaire.

Le bouleau entre pour 12,7 o/o dans la composition du peuplement. On le rencontre presque partout, mais surtout sur 3.400 hectares au N., à l'E. et à l'O. de la forêt. Il forme la moitié au moins du peuplement sur plus de 90 hectares (séries de Brandes) et existe dans la proportion de 20 à 30 o/o sur 2.000 hectares (Brandes de l'Alouette, 1ʳᵉ, 2ᵉ, 4ᵉ, 5ᵉ, 6ᵉ, 7ᵉ, 8ᵉ, 9ᵉ et 10ᵉ séries de taillis).

Le hêtre existe dans la proportion de 1,5 o/o en moyenne dans toute la forêt. On le rencontre à l'état sporadique dans toutes les séries de taillis, mais il n'existe, en quantité appréciable, que dans quelques coupes des 2ᵉ et 3ᵉ séries, près du ruisseau des Belles Noues. Les hêtres sont plus nombreux dans la futaie ; on les trouve dans la proportion de 1 à 2 o/o dans les cantons du Briou, des Morues, des Coureaux, de la Bottandrie, de la Croix Bodin, de Guérigny et du Parc-Saint-Laurent[1]. Le hêtre réussit bien et prospère partout, où il a été introduit sous le couvert des chênes.

Le charme est rare. On le trouve cependant au Parc-Saint-Laurent, et dans les cantons du Briou, des Loges, du Laleuf, d'Orçay et de Vieilfond. Sa proportion peut s'exprimer par le coefficient 0,6 o/o.

Le frêne ne se trouve que dans la parcelle D¹ du Village Brûlé et le châtaignier dans les coupes nᵒˢ 1 à 3 de Vieilfond. Le tremble et l'ali-

---

1. — Dans les parcelles des séries de futaie, où le matériel a été inventorié, soit sur une surface de 528 hectares, on ne compte pas moins de 120 hêtres, mesurant 0ᵐ55 de diamètre et au-dessus ; 11 d'entre eux ont 0ᵐ70 à 0ᵐ80 de diamètre. Cette constatation suffit à démontrer que le hêtre se trouve à Vierzon, dans d'excellentes conditions de végétation et que, s'il n'est pas aussi bien représenté, dans la composition du peuplement, que dans les forêts voisines

sier se rencontrent surtout dans le canton des Tierceaux ; ils sont, l'un et l'autre, à peu près aussi abondants que le hêtre dans l'ensemble.

Les résineux sont représentés par 7,4 o/o dans la composition du peuplement. Le prix sylvestre (6,8 o/o) peuple à lui seul 337 hectares tantôt disséminé par bouquets ou à l'état de perches isolées, tantôt en massifs où il est en mélange avec le chêne. Dans le canton de Vouzeron, deux massifs de l'âge de 54 ans, qui occupent ensemble 45 hectares, proviennent de semis exécutés après un incendie et surmontent un repeuplement complet de chênes. Un autre massif de 7 hectares, composé de pins sylvestres de 58 ans, se trouve dans le canton de Laleuf (10ᵉ série de taillis). Des plantations de pins sylvestres de 20 à 21 ans occupent 40 hectares dans les brandes de Theillay. Un semis de pins sylvestres de 28 ans couvre 9 hectares au canton du Chêne-vert et un autre de 43 ans 7 hectares dans la 2ᵉ série de taillis.

Sur 120 hectares environ, les pins sylvestres sont disséminés en mélange avec les pins maritimes. Cette dernière essence, dont le coefficient d'importance est de 0,6 o/o seulement, couvrait à elle seule plus de 1.100 hectares dans la forêt de Vierzon, avant le désastreux hiver de 1879-1880 ; on ne la trouve plus en massif que sur 30 hectares environ. On rencontre aussi des pins maritimes groupés par bouquets ou disséminés par pieds isolés sur 130 hectares de vides.

Droits d'usage. — Des droits d'usage au bois, au pâturage et au panage furent concédés à différentes époques dans la forêt de Vierzon. Vers le milieu du xiᵉ siècle, Ambran, seigneur de Vierzon, accorda à l'abbaye de Dève, fondée, en 843, entre Vierzon et Saint-Georges-sur-la Prée, de nombreuses libéralités et entre autres le droit de panage dans la forêt pour soixante porcs [1]. En 1213, Hervé II accorde à l'abbé et aux religieux du monastère de Vierzon le droit de prendre chaque jour une *batelée* de bois mort dans la forêt.

Des droits d'usage au pâturage et au panage furent concédés successivement en 1293 par donation de Charles, fils de Geoffroy de Brabant [2],

---

d'Allogny et de St-Palais, où son importance est de 6 et 16 0/0, cela tient uniquement à l'application qui a été faite sur la plus grande partie de la forêt, depuis 130 ans, du régime du taillis.
L'introduction artificielle du hêtre s'impose donc dans tous les cantons où il n'existe pas en quantité suffisante.

1. — Ces libéralités sont énumérées dans une charte revêtue de l'approbation de Charles le Chauve.

2. — Geoffroy de Brabant avait épousé en 1280 Jeanne, fille unique d'Hervé III, dame de Vierzon, Lury, la Ferté-Imbault, Nohant-le-Fuselier, Mézières-en-Brenne, l'Ile-Savary et la Roche-Corbon, qui devint ainsi la belle-sœur de Marguerite de France et de Philippe le Hardi.

en 1315 par une déclaration de Robert d'Artois [1], par des sentences des officiers de la maîtrise de 1503 et 1522, par jugement de *la table de marbre* du 21 janvier 1557 et par des lettres de confirmation du roi Henri IV, en date du 9 mars 1586.

Tous les titres des usagers furent examinés en 1670 par les commissaires réformateurs, dont les procès-verbaux furent homologués par arrêts du Conseil d'Etat des 26 mars 1672 et 2 décembre 1673. Les arrêtés du Conseil de l'Administration centrale du Cher des 9 ventôse an VI, 14 nivôse et 26 prairial an VII portèrent le nombre des domaines ou fermes usagères à 93, pouvant introduire en forêt 758 bêtes à cornes et 750 porcs.

Les usagers ne devaient exercer leurs droits que sur 980 hectares de brandes ou vides extérieurs. Ils devaient payer des redevances évaluées dans l'ensemble à 36 quartes de seigle, 172 boisseaux de seigle, 90 pains de 12 livres et 445 sous [2]. En adoptant le prix du tableau des mercuriales pour servir de base à la liquidation des droits d'enregistrement pour l'année 1860, dressé conformément à l'article 88 des ordres généraux de régie et à l'art. 73 de la loi du 13 mai 1818, on trouve que la valeur totale des redevances devrait être de 359 fr. 64 c. [3].

En réalité, une décision de M. le ministre des finances en date du 29 janvier 1864 a fixé à 37 fr. 83 le montant des redevances à payer par 10 domaines usagers. Le pâturage est exercé par 91 fermes ou domaines qui envoient annuellement au parcours 209 bêtes à cornes. Le droit de panage n'est généralement pas exercé.

Chasse. — La forêt de Vierzon est très giboyeuse; on y rencontre en grand nombre cerfs, sangliers, chevreuils, lapins [4], faisans, bécasses, etc. Le prix de location annuel du droit de chasse était de 0 fr. 40 par hectare en 1854; il s'est élevé à 1 fr. 03 en 1863, 1 fr. 08 en 1872, 1 fr. 30 en 1881 pour atteindre 2 fr. 17 en 1890 et 2 fr. 65 en 1899.

1. — La terre de Vierzon était passée dans la mouvance de Mehun, possédée alors par Robert d'Artois. CHATEAUBRIAND, *Histoire de France*, I, 108 ; BÉCHEREAU, *Mémoires sur Vierzon*, 1747 ; TAUSSERAT, *loc. cit.*, p. 136.

2. — L'évaluation des redevances se trouvait dans le terrier e Mehun, qui fut brûlé pendant la Révolution.

3. — La valeur de la quarte était de 2 décalitres, celle d bosseau de 1 décalitre. Le prix du décalitre de seigle, tiré des documents ci-dessus, était de 1 fr. 243, celui du pain de 6 kilogr. de 1 fr. 76.

4. — Les lapins sont très abondants dans toutes les propriétés de Sologne où la chasse est le revenu le plus important et où les récoltes lui sont généralement sacrifiées. Bien que leur nombre ait beaucoup diminué ces dernières années, la forêt est très exposée à leurs incursions, qui sont souvent d astreuses pour les jeunes peuplements.

Depuis 1908, la chasse est louée à Mme la baronne Roger 1.200 fr., soit 2 fr. 26 par hectare et par an.

Le nombre de grands animaux abattus chaque année est d'environ 50 cerfs ou biches, 40 chevreuils et 30 sangliers. Les cerfs et les sangliers vont fréquemment de la forêt de Vierzon dans les forêts voisines d'Allogny et de Saint-Palais, et vice versâ ; il y a également échange fréquent de gros gibier avec les chasses gardées de la Sologne.

Les dégâts causés par le gibier aux propriétés riveraines de la forêt sont assez importants, surtout dans un rayon de 1.000 à 1.500 mètres autour de la forêt. Les peuplements de celles-ci ont eu souvent aussi beaucoup à souffrir de la dent des cervidés et des lapins, surtout dans les parties traitées jadis en taillis et dans les jeunes plantations.

La surabondance du gibier donne lieu presque chaque année à des destructions administratives, indispensables pour sauvegarder l'état boisé et les récoltes des domaines voisins de la forêt, que l'exercice normal de la chasse ne suffirait pas toujours à protéger contre les dégâts des grands animaux.

Repeuplements. — Le repeuplement des vides et clairières a toujours été l'une des plus graves préoccupations du service forestier dans la forêt de Vierzon.

En 1779, l'étendue des vides était évaluée à 689 hectares [1], auxquels il faut ajouter 670 hectares de friches ou brandes extérieures à la forêt, abandonnés par le procès-verbal de réformation aux bestiaux des usagers au pâturage, soit un total de 1.359 hectares de vides.

En 1857, la surface totale des vides et clairières, y compris les brandes, était de 1.650 hectares, soit une augmentation de près de 300 hectares, due à la conception néfaste des aménagements de 1779, 1785 et 1793, qui reposaient sur la conversion des futaies en taillis, et à leur application pendant 78 ans, malgré les critiques judicieuses qu'elle avait soulevées.

Il ne restait plus à repeupler, en 1870, que 260 hectares, dont 62 hectares dans les brandes et 198 hectares dans la partie aménagée. Ce résultat remarquable était dû aux importants travaux, exécutés dans les brandes de 1862 à 1867, qui avaient admirablement réussi et abouti à la formation de peuplements mélangés de pins maritimes, de chênes et de bouleaux sur 809 hectares. D'autre part, dans les 3 séries de futaie

---

1. — D'après l'aménagement de 1779, le repeuplement de ces 689 hectares devait se poursuivre à raison de 25 ha. 31 a par an.

et les 11 séries de taillis, les peuplements artificiels feuillus et résineux, obtenus de 1854 à 1868, couvraient 420 hectares.

En 1879, en dépit des incendies qui avaient ravagé, de 1870 à 1879, 300 hectares, les vides de la forêt avaient à peu près disparu.

Malheureusement les froids intenses du rigoureux hiver de 1879-1880 vinrent anéantir dans la forêt 950 hectares de fourrés et perchis de pins maritimes, âgés de 9 à 28 ans. L'enlèvement des pins maritimes, gelés en 1880, fut très laborieux et demanda plusieurs années, ce qui nécessita un retard dans la reprise des travaux.

Enfin, de 1880 à 1903, les incendies ont continué à faire rage ; ils ont encore parcouru 644 hectares, obligeant les forestiers à un véritable travail de Sisyphe. Dans les 30 dernières années, c'est donc près de 1.600 hectares de vides et de clairières que le service forestier a dû reboiser.

Il restait, en 1890, environ 1.100 hectares à parcourir, sur lesquels 770 hectares ont été reboisés, moyennant une dépense moyenne annuelle de 3.311 fr. et l'on peut admettre qu'il reste encore 330 hectares de parties improductives à reboiser pour achever la restauration de la forêt.

**

Actuellement la tâche du service forestier dans la forêt de Vierzon est d'assurer l'application des sages dispositions de l'aménagement de 1900, qui permettra bientôt d'atteindre des revenus assez élevés et préparera la conversion en futaie des parties traitées jusqu'ici en taillis, conversion justifiée par les conditions économiques et par la nécessité de ne pas découvrir le sol, en vue de la protection contre les incendies.

C'est là, en effet, qu'est le danger le plus sérieux et l'on ne saurait prendre trop de mesures pour empêcher les incendies de se produire, ou du moins les localiser. L'opération la plus efficace, en dehors du maintien du couvert, serait le débroussaillement, sur une largeur minima de 10 mètres, des abords des routes, tranchées et lignes d'aménagement, surtout dans la partie occidentale de la forêt qui est la plus exposée au feu[1]. En procédant ainsi, on arriverait à resserrer la part du feu dans

---

1. — De 1885 à 1908, les incendies ont ravagé dans la forêt de Vierzon une surface totale de 539 hectares. Or, tandis que 97 hectares, soit 18 0/0 de la surface incendiée, se trouvent à l'est de la route forestière de Bon-Aigle, c'est-à-dire dans les sections centrale et orientale de la forêt, qui, pour la plus grande partie, sont traitées en futaie, 82 0/0 de la superficie parcourue par le feu se trouve située à l'ouest de la même route, dans les séries de taillis (181 hectares à l'est de la ligne du chemin de fer de Paris à Vierzon, 261 hectares à l'ouest de la voie ferrée). La partie occidentale de la forêt (cantons de l'Alouette, de Theillay, de Vieilfond et des

des îlots, d'une étendue peu considérable, si bien que les incendies ultérieurs, toujours à redouter dans une forêt, située à proximité d'une cité ouvrière de 25.000 âmes, qui y déverse à certains jours des milliers de promeneurs, cesseraient d'être inquiétants pour l'avenir de la forêt et que les peuplements, créés ou sauvegardés à grand'peine par nos devanciers, pourraient atteindre sans risque leur entier développement.

Ygonnières) constitue donc la zone dangereuse, celle dans laquelle on devra exécuter dans le plus bref délai les travaux de protection, qui, seuls, empêcheront le feu de continuer son œuvre néfaste et sauveront de la ruine les peuplements, dont l'avenir est singulièrement compromis par les ravages de l'incendie et par des recépages répétés à de courts intervalles.

Poitiers. — Impr. Blais et Roy, 7, rue Victor-Hugo.